Harry Potter ™

필 / 름 / 볼 / 트

VOLUME 5

Harry Potter

필 / 름 / 볼 / 트

VOLUME 5

반려동물, 마법 식물, 변신 생명체

조디 리벤슨 지음 | 고정아, 강동혁 옮김

문학수첩

들 어 가 며

해리 포터는 호그와트 마법학교에 입학하라는 통지서와 함께 1학년 신입생에게 필요한 준비물 목록도 함께 받는다. 마법 지팡이와 솥단지(백랍 재질, 표준 사이즈 2호), 보호용 장갑(용 가죽 혹은 그와 유사한 것) 같은 실용적인 물건 외에도 학생들은 부엉이나 고양이, 두꺼비를 데려올 수 있다. 고양이와 두꺼비를 비롯한 작은 동물들은 마법 세계와 유서 깊은 관계를 맺어왔는데, 해리 포터 이야기에서는 이런 동물들이 동반자 관계일 뿐만 아니라 영감을 제공해 주고, 가끔은 해리가 해결해야 하는 수수께끼의 답이 되거나 그가 극복해야 하는 장애물이 되기도 한다. 제작자 데이비드 헤이먼은 모든 동물이 "이야기에 중요하다"고 말한다.

뛰어난 능력을 가진 실제 동물들 중에는 이미 영화에 출연한 적 있는 동물도 있었고, 구조된 동물들도 많았다. 이들은 이야기에 도움이 되는 행동을 하도록 훈련받았다. 론의 쥐 스캐버스 역할을 자주 맡았던 쥐 덱스는 론의 손아귀에서 빠져나와 언덕을 가로질러 달아나는 〈해리 포터와 아즈카반의 죄수〉의 한 장면에서, A 지점에서 B 지점까지 달려간 다음 동전 위에 멈춰 서는 훈련을 받았다. 덱스는 새로운 행동을 빠르게 배울 줄 알았다. 특히 촬영 도중 스캐버스가 달리는 경로가 A 지점에서 새로운 지점인 C로 바뀌었을 때도 그랬다.

이런 동물 배우들은 최대한 조심스럽게 돌봤다. 차가운 돌바닥에는 고양이의 발바닥을 보호하기 위한 온열 패드가 숨겨져 있었다. 루비우스 해그리드가 반려견 팽을 금지된 숲으로 데려갔을 때는 금지된 숲 바닥을 부드러운 이끼로 덮어 팽이 안정적으로 발을 디디도록 하고 개의 발바닥을 보호했다. 동물들이 겁먹을지도 모르는 스턴트 장면을 찍을 때는 모두 애니메트로닉스 대역을 만들어서 사용했다.

영화에는 화면에 등장하는 '일상적인' 동물들 말고도 신화에 깊이 뿌리박고 있지만 새로운 방식으로 다시 생각하고 상상해 낸 마법 생물들이 등장한다. 이런 동물 중에는 늑대인간이나 애니마구스처럼 변신하는 동물들도 있다. 특수분장 디자이너이자 마법 생명체 제작 책임자인 닉 더드먼은 3편에 늑대인간이 등장할 거라는 말을 듣고 이 어려운 과제를 잘 해결할 수 있을 거라 확신하지 못했다. 영화 속 늑대인간들은 너무도 전형화되어 있었기 때문이다. 하지만 작가 J.K. 롤링은 늑대인간으로의 변신이 위협적이기보다는 연민을 일으키는 등장인물을 만들어 냈다. 더드먼은 말한다. "리머스 루핀의 늑대인간 디자인에서 흥미로웠던 건 이전에 존재했던 그 어떤 것과도 달랐다는

섬입니다." 펜리르 그레이백 역시 전형적인 모습과는 다른 늑대인간이었다. 이 디자인은 인간인 동시에 늑대이고자 하는 그레이백의 욕망에서 비롯한다. 더드먼은 마법 생명체를 만들 때 "개인적으로 저는 감독이 그냥 또 한 명의 연기자로 대할 수 있는 뭔가를 제공하는 편을 선호했습니다"라고 말한다. "마법 생명체가 실제로 제작된 방식의 제약에 구애받지 않고요."

마법 생명체 외에도 마법사 세계에는 마법의 식물들과 나무들이 존재한다. 건드리면 고약한 냄새가 나는 물질을 뿜어내는, 화분에 심은 선인장 같은 식물이라든지 가까이 다가오는 모든 것을 '후려치는' 나무 같은 것들 말이다. 하지만 이 모든 식물은 존재하는 이유가 있다. 〈해리 포터와 비밀의 방〉에서 석화된 몇몇 학생과 고양이, 유령을 치료할 마법약 재료가 되는 맨드레이크처럼 생명을 구하는 것도 그 이유 중 하나다.

마법사 세계에는 이야기 속 인간만큼이나 개성적이고 중요한 환상적 생명체들이 존재한다. 〈해리 포터와 마법사의 돌〉에는, 위험한 일을 하러 떠나는 친구들을 막으려는 주인의 영웅적인 행동을 함께 하는 두꺼비가 나온다. 〈해리 포터와 아즈카반의 죄수〉에서는 고양이와 쥐 사이에 으레 있을 법한 적대 관계가 클리셰와는 거리가 먼 것으로 밝혀진다. 쥐가 끔찍한 과거와 더 끔찍한 계획을 가진 애니마구스(의지에 따라 특정 동물로 모습을 바꿀 수 있는 인간)였기 때문이다. 비명을 지르는 유년기의 맨드레이크 같은 마법 식물들도 응원할 만한 등장인물이다.

CHAPTER ONE

반려동물

해리 포터는 첫 번째 영화에서 호그와트 마법학교 입학 통지서를 받는다.

이 통지서에는 1학년 학생에게 필요한 물품 목록이 나와 있다.

이 목록을 보면 솥과 지팡이를 비롯해서 원하는 사람은

부엉이, 고양이, 두꺼비도 데려올 수 있다고 나와 있다.

이런 반려동물은 영화 속에서 여러 등장인물들의 믿을 수 있는 친구가 된다.

헤드위그

헤드위그는 〈해리 포터와 마법사의 돌〉에 처음으로 등장한 흰올빼미로, 해리 포터의 열한 번째 생일날 해그리드가 해리에게 선물한 것이다. 헤드위그는 종종 해리에게 소식을 전해준다. 〈해리 포터와 불의 잔〉에서 시리우스 블랙에게 연락하는 경우처럼, 헤드위그는 주소가 분명하지 않을 때도 사람을 찾아갈 수 있는 능력을 지녔다.

그림 1.

6쪽: 호그와트에서 반려동물 헤드위그와 함께 있는 해리 포터. 〈해리 포터와 마법사의 돌〉에 사용된 더멋 파워 구상화.
그림 1. 〈해리 포터와 불의 잔〉에 등장한 해리(대니얼 래드클리프)와 헤드위그(기즈모).
그림 2. 해리(대니얼 래드클리프)와 헤드위그(기즈모). 대니얼 래드클리프의 소매 안쪽에 가죽 보호대가 있다.
그림 3. 하늘을 나는 헤드위그(기즈모)의 홍보용 사진.
그림 4. 〈해리 포터와 혼혈 왕자〉에서 헤드위그(기즈모)가 그리핀도르 휴게실에 조용히 앉아 있다.
그림 5. 헤드위그(기즈모)와 조련사.

〈해리 포터〉 시리즈가 이어지는 동안, 수컷 흰올빼미 여러 마리가 헤드위그 역할을 했다. 가장 중요한 역할을 한 흰올빼미는 기즈모였다. 그 외에 다른 올빼미들로는 캐스퍼, 우크, 스웁스, 오오, 엘모, 밴딧 등이 있었다. 암컷 올빼미는 수컷 올빼미보다 크고 무늬가 진해서, 대니얼 래드클리프(해리 포터)가 함께 연기하기에는 가벼운 수컷 쪽이 더 수월했다. 래드클리프가 기즈모를 팔에 앉힐 때는 매사냥꾼들처럼 팔에 두꺼운 가죽 보호대를 둘렀다. 촬영을 위해 조명을 설치하거나 날아다니는 장면을 찍을 때는 기즈모의 대역을 쓰기도 했다.

헤드위그의 역할이 가장 중요했던 장면 중 하나는 〈해리 포터와 마법사의 돌〉에서 맥고나걸 교수가 그리핀도르의 새로운 수색꾼이 된 해리에게 님부스 2000을 주는 신이었다. 기즈모에게 이 장면에 필요한 동작을 훈련시키는 데 6개월이 걸렸다. 기즈모가 날아 온 빗자루는 부엉이들의 일반적인 사냥감보다 가벼운 플라스틱 관으로 만든 것이었다. 다른 부엉이 배달원의 배달물들처럼 빗자루는 임시 부착 장치로 기즈모의 발톱에 매달았다가 조련사가 기계장치를 조종해서 해리(대니얼 래드클리프)가 받을 수 있는 정확한 위치에 떨어뜨렸다.

그림 2.

그림 3.

간략한 사실들

헤드위그

1. **영화 속 첫 등장:** 〈해리 포터와 마법사의 돌〉

2. **재등장:** 〈해리 포터와 비밀의 방〉,
〈해리 포터와 아즈카반의 죄수〉, 〈해리 포터와 불의 잔〉,
〈해리 포터와 불사조 기사단〉, 〈해리 포터의 혼혈 왕자〉,
〈해리 포터와 죽음의 성물 1부〉

3. **등장 장소:**
프리빗가 4번지, 호그와트, 부엉이장, 다이애건 앨리, 버로, 리키 콜드런

4. **주인:** 해리 포터

5. **동물 배우:** 기즈모, 캐스퍼, 우크, 스웁스, 오오, 엘모, 밴딧 등등

6. **《해리 포터와 마법사의 돌》 6장 설명:** "이제 해리의 손에는 커다란
새장이 하나 들려 있고 그 안에 아름다운 흰올빼미가……"

그림 4.

"포터 군, 굉장히 영리한 새를 가졌더구나.
녀석은 네가 도착하기 5분 전쯤 여기 왔단다."

리키 콜드런 여관 주인 톰,
〈해리 포터와 아즈카반의 죄수〉

그림 5.

에롤

에롤은 위즐리 집안의 올빼미로 그리 아름다운 새는 아니다. 해리 포터는 〈해리 포터와 비밀의 방〉의 버로에서 처음 이 올빼미를 만나는데, 에롤은 그때 창문에 쾅 부딪힌다. 에롤은 론 위즐리에게 하울러를 배달하려고 호그와트의 대 연회장으로 날아왔다가 감자칩 그릇을 뒤엎기도 한다. 에롤은 나이가 많아서 조금 느렸고, 제작진은 헤드위그와 대 조되는 에롤의 우스꽝스러운 모습을 재미있어했다.

그림 1.

"늦어서 미안.
내 석방 명령서를 배달하는 올빼미가
길을 잃고 헤맸지 뭐야.
에롤이라는 한심한 새야."

루비우스 해그리드,
〈해리 포터와 비밀의 방〉

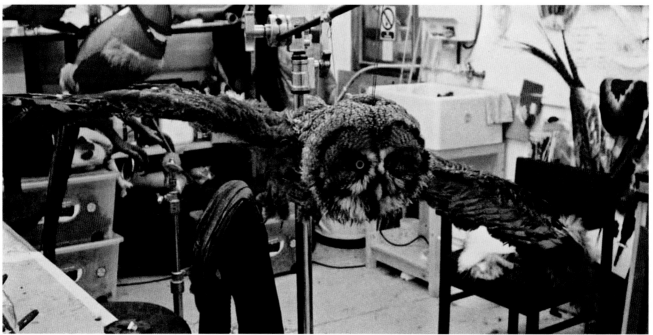

그림 2.

그림 3.

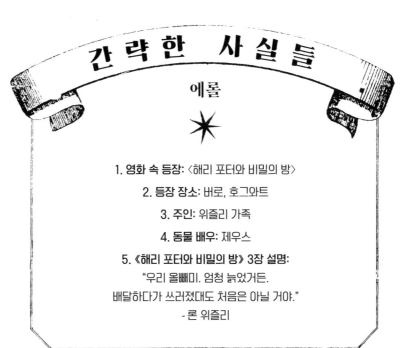

에롤은 북방올빼미 제우스가 연기했다. 북방 올빼미는 세계에서 가장 큰 부엉이 종 중 하나 다. 제우스는 〈해리 포터와 비밀의 방〉에서 딱 한 장면을 제외한 모든 장면의 실제 연기를 훈련 받았다. 입에 편지를 물고 날기도 했고, 앉았다 가 일어나는 것도 배웠다. 하지만 올빼미는 뼈 속이 비었기 때문에 단단한 것을 깨고 들어갈 수 는 없다. 그래서 제우스는 버로의 부엌 창문 안 으로 우아하게 날아드는 모습을 찍었고, 이어서 싱크대에서 '일어나는' 모습을 찍었다. 이 장면 을 디지털과 결합해서 창문에 부딪히는 에롤의 모습을 만들었다.

그림 1. 동물 조련사 게리 제로와 〈해리 포터와 비밀의 방〉에서 위즐리 집안의 어설픈 올빼미 에롤을 연기한 제우스.

그림 2. 특수 제작소에서 만든 애니메트로닉 버전의 에롤.

그림 3. 〈해리 포터와 비밀의 방〉에서 퍼시 위즐리가 늙고 볼품없는 올빼미 에롤이 버로에 들 어오도록 돕는 장면.

피그위전

〈해리 포터와 불의 잔〉에서 론의 가족은 론에게 스캐버스를 대신해 줄 아주 조그만 부엉이 피그위전을 선물한다. 피그위전은 영화 〈해리 포터와 불의 잔〉의 홍보 사진에도 등장하고, 영화 〈해리 포터와 불사조 기사단〉에서 9와 4분의 3 승강장 장면도 촬영했지만, 이 장면은 최종적으로 삭제되었다. 그래서 피그위전의 영화 데뷔는 〈해리 포터와 혼혈 왕자〉에서 이루어졌다. 피그위전의 첫 등장은 〈해리 포터와 혼혈 왕자〉에서 그리핀도르 휴게실 의자에 앉아 있는 모습이다. 피그위전은 부엉이 중에서도 가장 작은 종에 속하는 소쩍새 마스가 연기했다.

그림 1. (설명 위) 마스(피그위전)의 홍보용 사진.
그림 2. 〈해리 포터와 불의 잔〉의 홍보용 사진에서 루퍼트 그린트(론 위즐리)가 마스를 데리고 있다. 하지만 마스는 이 영화에 나오지 않았다.
그림 3. 〈해리 포터와 불의 잔〉에서 편집된 장면으로 론의 침대 옆에 있는 피그위전(마스). 마스의 영화 데뷔는 〈해리 포터와 혼혈 왕자〉에서 이루어졌다.

그림 2.

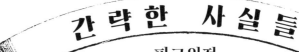

간략한 사실들
피그위전

✴

1. 영화 속 등장: 〈해리 포터와 혼혈 왕자〉

2. 등장 장소: 호그와트의 그리핀도르 휴게실

3. 주인: 론 위즐리

4. 동물 배우: 마스

5. 《해리 포터와 불의 잔》 3장 설명:
"아얏!" 해리가 소리쳤다. 깃털 달린 조그만 회색 테니스공처럼 보이는
뭔가가 막 해리의 머리에 날아와 부딪쳤다."

그림 3.

스캐버스

스캐버스는 론 위즐리가 형 퍼시에게서 물려받은 반려 쥐다. 〈해리 포터와 마법사의 돌〉에서 론은 1학년 때 호그와트에 스캐버스를 데려온다. 이 쥐는 론의 부러진 지팡이 때문에 〈해리 포터와 비밀의 방〉의 변환 마법 수업 때 잠시 물잔으로 변하기도 한다. 〈해리 포터와 아즈카반의 죄수〉에서는 스캐버스가 피터 페티그루의 애니마구스 형태라는 사실이 드러나고, 스캐버스는 호그와트에서 달아난다. 그렇게 론은 반려 쥐를 잃는다.

영화 시리즈가 이어지는 동안, 스캐버스의 다양한 인생사는 살아 있는 쥐 열두 마리와 여러 애니메트로닉 쥐가 연기했다. 가장 많은 부분을 연기한 덱스를 비롯해서 다른 모든 동물 쥐 배우들은 신호를 받으면 달려가서 특정 지점에 앉는 훈련을 받았다. 쥐는 굉장히 영리한 동물이어서 손쉽게 훈련시킬 수 있었다. 〈해리 포터와 마법사의 돌〉에서 스캐버스가 펼친 가장 중요한 연기는 사탕 통에 머리가 걸렸다가 론이 마법을 쓰려는 순간 억지로 빠져나온 것이다. 대부분의 장면에는 애니메트로닉 쥐가 사용됐지만 마지막 장면, 그러니까 사탕 통에서 '빠져나와' 론(루퍼트 그린트)의 무릎에 앉는 장면은 덱스가 연기했다. 조련사는 와이어로 사탕 통을 덱스의 머리 위에 매달았다가 신호에 맞춰 부드럽게 잡아당겼다.

덱스와 크래커잭(크룩섕스 역의 고양이)은 〈해리 포터와 아즈카반의 죄수〉의 첫 장면에서 복도를 달려간다. 두 동물에게 이 장면을 훈련시키는 데 넉 달가량이 걸렸다. 두 동물은 서로에게 익숙해 있어서 같은 방향으로 달리는 훈련만 시키면 되었다. 훈련 방법 중에는 부드러운 망사로 만든 평행한 이중 통로 끝에 먹이를 놓고 한 방향으로 나란히 달리도록 하는 것도 있었다. 이 장면을 찍을 때 유일한 어려움은 덱스가 자꾸만 크래커 잭에게 따라잡히는 것이었다. 덱스는 크래커잭에게 너무 익숙해져서 다른 쥐들처럼 고양이를 피해 달아나려고 하지 않았다.

> "햇빛이여, 데이지여, 버터 멜로여,
> 이 멍청하고 살진 쥐를 노랗게 바꾸어라."
>
> 론 위즐리,
> 〈해리 포터와 마법사의 돌〉

그림 1.

그림 2.

"이 녀석은 스캐버스야. 그런데 좀 불쌍하지?"

론 위즐리,
〈해리 포터와 마법사의 돌〉

그림 3.

그림 4.

그림 5.

간략한 사실들

스캐버스

✳

1. 영화 속 첫 등장: 〈해리 포터와 마법사의 돌〉

2. 재등장:
〈해리 포터와 비밀의 방〉, 〈해리 포터와 아즈카반의 죄수〉

3. 주인: 론 위즐리

4. 동물 배우: 덱스

5. 《해리 포터와 마법사의 돌》 6장 설명:
"론이 재킷 안에 손을 넣어 뚱뚱한 회색 쥐를 꺼냈다.
쥐는 잠들어 있었다."

그림 1, 2. 덱스는 스캐버스와 웜테일의 두 가지 배역을 연기했다.
그림 3. 〈해리 포터와 아즈카반의 죄수〉에서 헤르미온느 그레인저(에마 왓슨)와 해리 포터(대니얼 래드클리프), 그리고 스캐버스(덱스)를 들고 있는 론 위즐리(루퍼트 그린트).
그림 4. 〈해리 포터와 마법사의 돌〉에서 스캐버스(덱스)가 론의 무릎에서 사탕을 찾는 모습을 해리가 보고 있다.
그림 5. 루퍼트 그린트(론 위즐리)와 덱스(스캐버스)의 〈해리 포터와 마법사의 돌〉 홍보용 사진.

크룩섕스

영화 〈해리 포터와 아즈카반의 죄수〉에서 호그와트 3학년이 된 헤르미온느 그레인저는 커다란 적갈색 고양이 크룩섕스를 얻는다. 이 영화에서 크룩섕스는 리키 콜드런의 복도에서 론의 생쥐 스캐버스를 따라 쏜살같이 내달리는 한 줄기 오렌지색으로 첫선을 보인다. 〈해리 포터와 불사조 기사단〉에서 프레드와 조지가 그리몰드가 12번지에서 계단 아래로 길어지는 귀를 내렸을 때는 장난기 가득한 모습을 보이기도 한다.

크룩섕스는 영화 시리즈 전체를 촬영하는 동안 모두 네 마리의 갈색 페르시안 고양이가 연기했다. 〈해리 포터와 아즈카반의 죄수〉에서 연기한 올리버는 구조된 고양이다. 가장 어린 보 보는 에너지가 넘쳐서 어떤 액션 장면에서도 잘 해냈다. 보 보는 〈아즈카반의 죄수〉에서 스캐버스를 쫓도록 훈련받은 고양이들 중 하나이며, 〈해리 포터와 불사조 기사단〉에도 출연했다. 프린스는 무엇보다도 안기는 걸 좋아했다. 마찬가지로 〈불사조 기사단〉에 출연했다.

크룩섕스를 가장 많이 연기한 건 크래커잭이다. 붉은 털의 페르시안 고양이 크래커잭은 〈아즈카반의 죄수〉가 데뷔작이다. 크룩섕스의 헝클어진 털은 '털 연장술'이라고 불릴 만한 기술로 만든 것이었다. 조련사들은 크래커잭의 털을 정리할 때마다 잘 빗긴 속털을 작게 뭉쳐서 준비해 두었다가 고양이 털 속에 끼워 넣었다. 눈물을 흘리는 모습은 투명한 젤리 같은 물질을 떨어뜨려 눈에서 흘러내리는 것처럼 연출했고, 무해한 갈색 '아이섀도'를 눈과 입 주변에 발라 이 침착한 고양이에게 성난 표정을 만들어 주었다.

크래커잭은 신호를 받으면 표시된 곳에 멈추는 법을 알았고, 〈해리 포터와 불사조 기사단〉에서는 길어지는 귀 장면에 필요한 연기를 선보였다. 크룩섕스는 귀를 때리고, 그것과 씨름하다가, 마침내 그것을 떼어가서 위즐리 형제와 친구들을 낙심시킨다. 조련사들은 석 달 동안 많은 시간을 들여 프린스와 펌킨을 포함한 고양이들에게 귀를 갖고 논 다음 그것을 물고 가다가 카메라가 닿지 않는 곳에 위치한 그릇에 떨구는 법을 가르쳤다. 그곳에는 맛있는 고양이용 간식이 기다리고 있었다.

그림 1. 크래커잭(크룩섕스)의 〈해리 포터와 아즈카반의 죄수〉 홍보용 사진.

"고양이!
게네가 너한테 말한 게 저거야?
내가 보기엔 그냥
털 달린 돼지 같은데."

론 위즐리,
〈해리 포터와 아즈카반의 죄수〉

노리스 부인

노리스 부인은 호그와트 건물 관리인 아거스 필치의 반려동물이다. 노리스 부인은 복도를 순찰하는 업무를 지원해서 나쁜 짓 하는 학생을 귀신같이 찾아내고, 그녀에게 도움을 받는 필치와 거의 초자연적인 교감을 나눈다. 노리스 부인과 필치의 각별한 애정은 〈해리 포터와 마법사의 돌〉에 이 고양이가 처음 등장할 때부터 분명히 드러난다. 〈해리 포터와 불의 잔〉의 크리스마스 무도회 장면에서 필치는 노리스 부인과 함께 춤을 춘다.

여덟 편의 〈해리 포터〉 영화에서 노리스 부인의 역할은 맥시머스(맥스), 앨러니스(유일한 암컷), 코르넬리우스라는 이름의 메인쿤 고양이 세 마리가 연기했으며, 때때로 애니메트로닉 고양이를 이용했다. 아거스 필치 역을 맡은 배우 데이비드 브래들리에 따르면, 고양이들은 각자 한 가지씩 장기를 가지고 있었다. 맥스는 그에게 달려오거나 그와 함께 달리는 일을 잘하고, 〈해리 포터와 불사조 기사단〉에 나오는 것처럼 신호를 주면 그의 어깨 위로 펄쩍 뛰어오른다. 화면에는 맥스가 가장 많이 등장했는데, 〈해리 포터와 죽음의 성물 1부〉를 제외한, 데이비드 브래들리가 필치로 나온 모든 영화에 함께했다. 데이비드 브래들리는 맥스가 그에게 달려와서 다리를 타고 올라가 결국 어깨 위에 앉았던 일들을 기억한다. 그 덕분에 종종 카메라가 아닌 잘못된 방향을 향하기도(그래서 다시 촬영해야 하기도) 했지만. 마치 수염인 양 브래들리의 얼굴에 꼬리를 대기도 했다.

앨러니스는 촬영 중에 브래들리의 품 안에서 너무 편안하게 쉬다가 몇 번은 아예 잠들어 버리기도 했다. 그러다가도 열혈 애묘인인 브

그림 3.

래들리가 머리를 가볍게 문질러 주면, 바로 깨어나서 자신의 연기를 했다. 호그와트의 돌바닥은 차가울 때가 많았기 때문에, 제작진은 맥고나걸 교수의 애니마구스와 헤르미온느의 고양이 크룩섕스를 포함한 모든 고양이들이 몸과 발을 보온할 수 있도록 따뜻한 바닥을 마련해 주었다. 고양이들의 연기를 이끌어 내기 위해, 먹이 그릇에 딸깍딸깍 소리를 내는 장치를 달아서 그 소리에 반응하도록 훈련시켰다. 조련사들은 데이비드 브래들리의 신발에 달린 장치를 조종해서 노리스 부인이 필치를 따라다니도록 했다. 물론, 촬영이 끝난 뒤에는 고양이들에게 맛있는 보상이 주어졌다!

그림 2. (설명 위) 〈해리 포터와 비밀의 방〉에서 아거스 필치(데이비드 브래들리)와 항상 그의 곁에 있는 노리스 부인이 론 위즐리(루퍼트 그린트), 해리 포터(대니얼 래드클리프)와 마주친다.
그림 3. 〈해리 포터와 불의 잔〉에서 필치(데이비드 브래들리)는 노리스 부인과 크리스마스 무도회에 간다.

간략한 사실들
노리스 부인
✳

1. **영화 속 첫 등장:** 〈해리 포터와 마법사의 돌〉

2. **재등장:** 〈해리 포터와 비밀의 방〉, 〈해리 포터와 아즈카반의 죄수〉, 〈해리 포터와 불의 잔〉, 〈해리 포터와 불사조 기사단〉, 〈해리 포터와 혼혈 왕자〉, 〈해리 포터와 죽음의 성물 2부〉

3. **등장 장소:** 호그와트 성

4. **주인:** 아거스 필치

5. **동물 배우:** 맥시머스, 앨러니스, 코르넬리우스

6. **《해리 포터와 마법사의 돌》 8장 설명:**
"필치한테는 노리스 부인이라는 이름의 고양이가 한 마리 있었다. 필치랑 꼭 닮은 툭 튀어나온 등불 같은 눈을 가진 비쩍 마른 옅은 갈색 고양이였다."

팽

당연한 이야기지만, 〈해리 포터〉 영화에서 거인 혼혈 루비우스 해그리드의 반려동물인 팽은 대부분의 다른 품종 개들보다 두드러지게 크다. 그러나 〈해리 포터와 마법사의 돌〉에 나온 것처럼, 팽은 덩치만 클 뿐 그리 용감하지는 않다. 이런 특징을 표현하기 위해서, 팽은 네오폴리탄 마스티프 종의 개들이 연기했다. 네오폴리탄 마스티프는 머리가 크고 덩치도 큰 걸로 유명하지만 아주 온순하다.

J.K. 롤링의 원작 소설의 팽은 그레이트 데인이라고도 불리는 사냥개지만, 동물 팀은 세계에서 가장 오래된 견종 중 하나인 (세계에서 가장 침을 많이 흘리는 견종이기도 한!) 마스티프로 결정했다. 〈해리 포터와 마법사의 돌〉에서 〈해리 포터와 아즈카반의 죄수〉까지 팽은 휴고라는 이름의 마스티프 개가 연기했다. 〈해리 포터와 불의 잔〉과 〈해리 포터와 불사조 기사단〉, 〈해리 포터와 혼혈 왕자〉에서는 멍키가 그 역할을 이어받았다. 또 가장 작았던 개 벨라와, 〈해리 포터와 아즈카반의 죄수〉에서 연기한 거너, 루이지라는 다른 개들도 있었다. 우노와 벌리를 비롯한 또 다른 개들은 화면에는 나오지 못했지만 팽 역할을 맡아서 성공적으로 스토리를 완성해 냈다. 벌리는 촬영이 끝난 다음 동물 조련사 중 한 명에게 입양되었다는 기쁜 소식이 전해지기도 했다.

해리와 론이 포드 앵글리아를 타고 금지된 숲에서 도망치는 장면에서는 두 마리 개가 팽을 연기했다. 차 안에 가만히 앉아 있을 때는 벨라가, 차가 금지된 숲을 질주하는 장면에서는 팽의 애니메트로닉 대역이 연기했다. 애니메트로닉 팽은 무선 조종으로 움직이고 침까지 흘렸다.

그림 1.

그림 2.

"그냥, 겁이 엄청 많은 것뿐이야."

루비우스 해그리드,
〈해리 포터와 마법사의 돌〉

그림 1. 〈해리 포터와 마법사의 돌〉에서 팽을 연기한 네오폴리탄 마스티프 개들 중 휴고의 홍보용 사진.
그림 2. 〈해리 포터와 마법사의 돌〉에 등장한 해리, 론, 팽.
그림 3. 해그리드와 팽의 홍보용 사진.
그림 4. 〈해리 포터와 마법사의 돌〉에서 금지된 숲으로 방과 후 징계를 받으러 가는 해리와 드레이코를 팽이 따라간다.

그림 3.

그림 4.

〈해리 포터와 불사조 기사단〉에는 멍키가 스테이크 한 조각을 받아 씹는 장면이 있었다. 조련사들은 아무리 여러 번 촬영해도 배우가 오히려 좋아할 거라며 농담을 하면서도 이 장면의 재촬영 횟수를 제한했다. 조련사들은 카메라 밖에 서서 개들에게 앉아, 가만있어, 짖어, 이리 와 같은 명령을 내렸지만, 네오폴리탄 마스티프에게 침을 흘리지 않게 하는 법은 어떤 조련사도 가르치지 못했다.

그림 1.

그림 2.

그림 3.

간략한 사실들
팽

✦

1. 영화 속 첫 등장: 〈해리 포터와 마법사의 돌〉

2. 재등장:
〈해리 포터와 비밀의 방〉, 〈해리 포터와 아즈카반의 죄수〉,
〈해리 포터와 불사조 기사단〉, 〈해리 포터와 혼혈 왕자〉

3. 등장 장소: 해그리드의 오두막, 금지된 숲

4. 주인: 해그리드

5. 동물 배우: 휴고, 멍키, 우노, 벨라, 거너, 루이지, 벌리

6. 《해리 포터와 마법사의 돌》 8장 설명:
"해그리드는 집채만 한 검은색 사냥개의 목줄을
놓치지 않으려고 용을 쓰면서 두 사람을 들여보내 주었다."

그림 1. 〈해리 포터와 불사조 기사단〉 해그리드의 오두막 세트에 있는 해리, 론, 헤르미온느.
그림 2. 팽이 다른 동물 배우들과 함께 찍은 홍보용 사진.
그림 3. 〈해리 포터와 마법사의 돌〉에서 팽이 쉬고 있는 가운데 해그리드가 피리를 불고 있다.
그림 4. 팽의 홍보용 사진.

그림 4.

트레버

〈해리 포터와 마법사의 돌〉에서 네빌 롱보텀은 1학년 때 호그와트에 두꺼비를 데려오지만 금방 잃어버린다.

〈해리 포터〉 시리즈에서 네빌의 반려동물 트레버는 모두 네 마리의 두꺼비가 연기했다. 두꺼비들은 보온 장치가 된, 이끼 깔린 테라리엄에 보관되었다. 트레버가 등장해야 할 때면, 조련사가 두꺼비를 매슈 루이스(네빌 롱보텀)의 손이나 방바닥, 의자 팔걸이 등에 놓았고, 촬영이 끝나면 곧바로 다시 테라리엄에 넣었다.

"누구 두꺼비 본 사람 없어?
네빌이라는 아이가 두꺼비를 잃어버렸어."

헤르미온느 그레인저,
〈해리 포터와 마법사의 돌〉

그림 1. (설명 위) 매슈 루이스(네빌 롱보텀)와 트레버를 연기한 두꺼비 중 하나. 〈해리 포터와 아즈카반의 죄수〉의 홍보용 사진.
그림 2. 〈해리 포터와 혼혈 왕자〉에 등장한 지니 위즐리의 반려동물 피그미 퍼프 아널드의 털이 있는 모습과 없는 모습. 롭 블리스 작품.

간략한 사실들

트레버

✶

1. 영화 속 첫 등장: 〈해리 포터와 마법사의 돌〉

2. 재등장:
〈해리 포터와 아즈카반의 죄수〉, 〈해리 포터와 혼혈 왕자〉

3. 등장 장소: 그리핀도르 휴게실, 호그와트 성 어딘가

4. 주인: 네빌 롱보텀

5. 《해리 포터와 마법사의 돌》 16장 설명:
"네빌이 두꺼비 트레버를 꽉 쥔 채 안락의자 뒤에서 모습을 드러냈다.
트레버가 또 한 번 자유를 위한 탈출을 감행한 모양이었다."

아널드

<해리 포터와 혼혈 왕자>에서 지니 위즐리는 드디어 반려동물 피그미 퍼프를 얻는다. 쌍둥이 오빠들의 위대하고 위험한 장난감 가게에서 구입한 것이다. 이 커다란 눈의 생명체는 행복한 듯 지니의 어깨에 앉고, 지니는 호그와트 급행열차에서 딘 토머스에게 이 둥그런 분홍색 털뭉치를 보여준다. 디지털 디자이너들은 비주얼 개발 작업을 하는 동안 아널드의 풍성한 털 속에 무엇을 넣을지 조사해 볼 기회가 있었다. 하지만 결국 아널드를 최대한 털로 채워서 묘사하기로 했다.

"정말 귀엽다."

루나 러브굿,
<해리 포터와 혼혈 왕자>

간략한 사실들

아널드

✳

1. 영화 속 등장:
<해리 포터와 혼혈 왕자>

2. 등장 장소: 위즐리 형제의 장난감 가게에서 판매 중

3. 주인: 지니 위즐리

4. 《해리 포터와 혼혈 왕자》 6장 설명:
"그녀[지니]가 분홍색과 자주색의 솜뭉치 같은 것들을 가리켰다. 그것들은 새장 바닥을 굴러다니며 높은 소리로 꽥꽥대고 있었다."

그림 2.

폭스

불사조는 생명 주기를 무한히 거듭하면서 영생하는 강력한 마법의 새다. 불사조가 가진 능력 중에는 눈물로 치유하는 재능과 엄청나게 무거운 짐을 나를 수 있는 강력한 힘이 포함된다. 〈해리 포터와 비밀의 방〉에서 해리 포터는 폭스를 덤블도어의 연구실에서 처음 만난다. 노쇠해 보이는 새는 때마침 불꽃으로 타오른다. 덤블도어는 해리에게 불사조에게는 이것이 자연스러운 현상이라고 설명해 주고, 두 사람은 잿더미 속에서 어린 새끼가 나오는 모습을 보며 감탄한다. 폭스는 〈해리 포터와 비밀의 방〉에서 그리핀도르의 검이 담긴 기숙사 배정 모자를 갖고 날아와서 해리를 도와준다. 또 눈물을 흘려서 해리가 바실리스크에게 입은 상처를 치료해 준다. 그리고 해리, 론 위즐리, 길더로이 록하트를 태우고 비밀의 방 밖으로 날아간다.

폭스는 생애의 세 단계를 보여준다. 기운을 잃고 불꽃 속에 사라지는 늙은 새, 잿더미에서 태어나는 새끼 새, 그리고 완전히 자라서 〈해리 포터와 비밀의 방〉의 마지막 장면에서 바실리스크를 물리치고 해리를 돕는 강력한 새의 세 가지 모습이다. 비주얼 개발 작업 팀은 폭스의 디자인을 위해 신화 속 불사조 그림뿐 아니라 실제 새들도 조사했다. 이들은 여러 맹금류를 섞어서 폭스의 모습을 만들었는데, 그중 흰꼬리수리와 흰머리수리의 모습이 가장 두드러진다. 머리의 큰 볏은 깃털이 뒤로 젖혀져서 고귀한 분위기를 풍기고, 날카로운 부리와 발톱은 무서운 느낌을 준다. 폭스는 성인기와 새끼 시절 모두 독수리의 미관을 강조해서 표현해서, 목을 쭉 잡아 빼고 주름들이 겹쳐지게 만들었다. 디자이너는 꿩과 다른 엽조들의 꼬리 깃털을 모아서 다양한 깃털 조합이 만드는 이중 효과들을 실험했다.

그림 1.

그림 2.

그림 3.

그림 4.

그림 1~6. 〈해리 포터와 비밀의 방〉에 등장한 불사조 폭스 습작. 애덤 브록뱅크 작품. 실제로 존재할 법한 생명체의 색깔과 볏과 날개 모양을 탐구했다.

그림 5.

그림 6.

그림 1.

그림 2.

그림 3.

그림 1, 2. 〈해리 포터와 비밀의 방〉에서 폭스가 잿더미에서 어린 새의 모습으로 다시 태어나고 있다. 애덤 브록뱅크 묘사.
그림 3. 〈해리 포터와 비밀의 방〉에서 알버스 덤블도어(리처드 해리스)가 해리 포터(대니얼 래드클리프)에게 불사조의 생명 주기를 설명하는 장면.
그림 4. 덤블도어 교수는 부드럽게 입김을 불어 사랑스러운 반려동물에게서 재를 떨어낸다. 애덤 브록뱅크 묘사.
그림 5. 해리가 폭스를 처음 만난 건 불행하게도 폭스의 타오르는 날이었다.

그림 4.

폭스의 색채는 황갈색에서 암적색까지 강렬한 느낌을 담아 표현해야 했다. 새들은 대부분 머리와 아랫부분 색이 더 진하기 때문에, 밑면은 금색 계열 색을 띠도록 했다. 콘셉트 아티스트 브록뱅크는 얼룩덜룩한 오렌지색과 금색을 섞어서 불사조의 목과 혀를 불탄 성냥 같은 색으로 만들었다. 새끼 불사조 폭스는 색 바랜 분홍색에 폭스가 다시 태어난 재의 회색을 섞어서 표현했다. 〈해리 포터와 아즈카반의 죄수〉에서 벅빅을 작업한 밸 존스가 애니메트로닉 폭스의 깃털을 작업했다. 존스는 사냥한 새의 깃털을 사용했는데 그중 일부는 폭스의 불꽃 같은 색을 만들려고 특별히 염색했다. 깃털들은 애니메트로닉 모형에 하나하나 꽂아 넣었다.

폭스는 애니메트로닉과 디지털 형태 둘 다 만들었다. 애니메트로닉 폭스는 횃대로 미끄러지듯이 움직이고, 다른 등장인물들에게 반응하고, 날개를 전체 길이만큼 쫙 펼칠 수 있었다. 또한 애니메트로닉 폭스는 눈물을 흘려서, 바실리스크에게 물려 독에 감염된 해리 포터(대니얼 래드클리프)의 팔을 치료하기도 했다. 리처드 해리스(덤블도어)는 폭스가 진짜 새를 훈련시킨 게 아니라는 사실을 알고는 깜짝 놀라서 특수 캐릭터 디자이너들을 크게 칭찬했다.

간략한 사실들

폭스

✳

1. **영화 속 첫 등장:** 〈해리 포터와 비밀의 방〉
2. **재등장:**
〈해리 포터와 불의 잔〉, 〈해리 포터와 불사조 기사단〉,
〈해리 포터와 혼혈 왕자〉
3. **등장 장소:** 알버스 덤블도어의 연구실, 비밀의 방
4. **주인:** 알버스 덤블도어
5. **《해리 포터와 비밀의 방》 17장 설명:**
"백조만 한 진홍색 새 한 마리가 나타나…… 새는 공작처럼 길고 반짝이는
황금색 꼬리를 갖고 있었고, 번뜩이는 황금색 발톱으로……"

그림 5.

그림 1.

그림 2.

그림 1. 〈해리 포터와 비밀의 방〉의 비밀의 방에서 폭스가 바실리스크를 공격하고 있다. 애덤 브록뱅크 묘사.

그림 2. 폭스는 비밀의 방에서 해리, 론, 지니 위즐리와 록하트 교수를 구출한다. 애덤 브록뱅크 묘사.

그림 3. 특수 제작소에 있는 폭스의 애니메트로닉 내부 구조물.

그림 4. 특수 제작소에서 밸 존스(왼쪽)와 조시 리(오른쪽)가 애니메트로닉 폭스를 만들고 있다.

그림 5. 폭스의 기계 날개 구조물.

그림 6. 완성된 애니메트로닉 폭스가 횃대에 올라 있다.

그림 3.

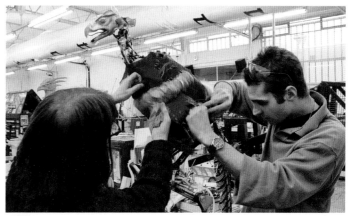

그림 4.

그림 5.

"폭스는 불사조란다, 해리. 죽을 때가 되면
불꽃으로 타올랐다가, 잿더미에서 다시 태어나지."

알버스 덤블도어,
〈해리 포터와 비밀의 방〉

그림 6.

〈해리 포터〉 시리즈에 등장한 대부분의 생명체들과 달리, 컴퓨터로 만들어진 폭스는 모델을 사이버스캔하는 과정을 거치지 않았다. 디지털 디자인 팀은 비주얼 개발 아트워크로 작업했고, 진짜 새, 특히 쇠콘도르와 푸른 마코앵무를 주로 참고했다. 당시에는 디지털 깃털을 그럴듯하게 만들어 내기가 어려웠고, 제대로 만들지 않으면 폭스의 화려한 붉은색과 금색이 지저분한 주황색이 되어버렸다. 디지털 디자인 팀이 실제와 유사하게 CGI 폭스를 만들려면 새로운 소프트웨어가 필요했다. 이들은 하나의 소프트웨어로 폭스의 모양과 동작을 만들고, 다른 소프트웨어로 깃털을 달았다. 이것을 처음의 소프트웨어로 가져와서 조명 효과를 주고, 그런 다음 세 번째 소프트웨어에서 스크린에 맞게 변형했다. 다른 〈해리 포터〉 영화들에서 날씬해진 모습으로 등장한 '중년'의 폭스는 모두 CGI 버전이다.

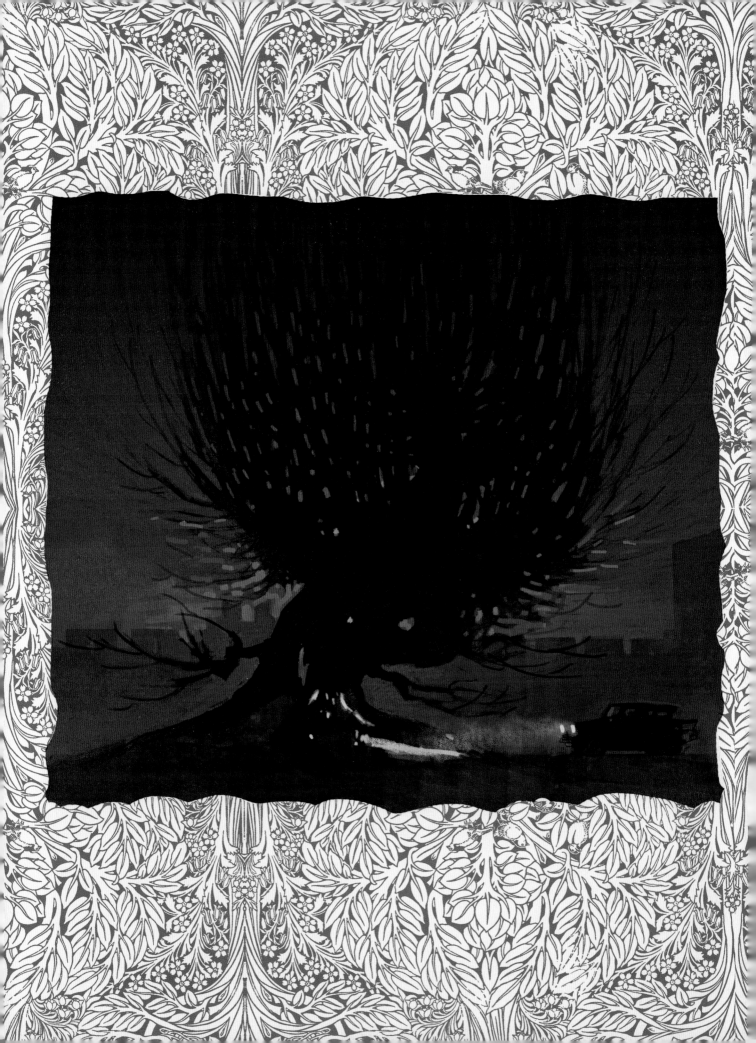

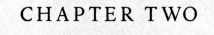

CHAPTER TWO

마법 식물

〈해리 포터〉 영화에 등장하는 신비한 생명체들이 항상 땅 위를 걷고
하늘을 날고 물속을 헤엄치는 것은 아니다. 자신만의 개성과 체질을 가지고
땅이나 온실에 뿌리를 박고 사는 식물들도 있다. 그중에는 맨드레이크처럼
유용한 것도 있지만, 후려치는 버드나무처럼 위험한 것도 있다. 몇몇 식물에게는
밈뷸러스 밈블토니아처럼 가시가 돋쳐 있고, 몇몇 식물들은 부드럽고
포근하게 상대를 감싸준다. 악마의 덫은 너무 지나치게 감싸주는 경우다.

맨드레이크

맨드레이크의 뿌리인 만드라고라는 석화된 사람에게 생기를 되찾아 준다. 〈해리 포터와 비밀의 방〉에서 약초학 교수 포모나 스프라우트는 2학년 학생들에게 맨드레이크를 배정해 준다. 그리고 귀마개를 쓰라고 지시한다. 맨드레이크의 비명을 들으면 사람이 죽을 수도 있기 때문이다.

그림 1.

그림 2.

그림 3.

그림 1. 〈해리 포터와 비밀의 방〉에서 포모나 스프라우트 교수(미리엄 마골리스)가 약초학 수업에서 맨드레이크의 분갈이 시범을 보이고 있다.

그림 2. 맨드레이크들이 열을 지어 온실 안에서 자라고 있다.

그림 3. 스프라우트 교수의 수업. 더멋 파워 비주얼 개발 작업.

그림 4, 5. 이파리가 없고 악을 쓰는 맨드레이크와 조용하면서 이파리가 있는 맨드레이크. 더멋 파워 작품.

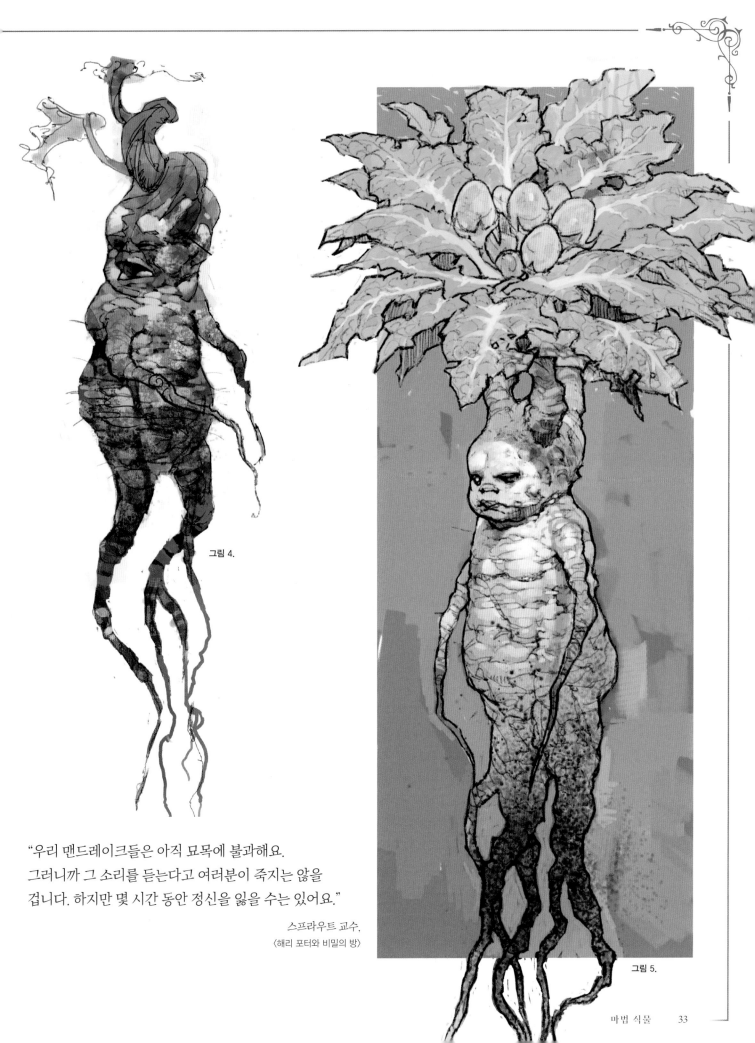

그림 4.

"우리 맨드레이크들은 아직 묘목에 불과해요.
그러니까 그 소리를 듣는다고 여러분이 죽지는 않을
겁니다. 하지만 몇 시간 동안 정신을 잃을 수는 있어요."

스프라우트 교수,
〈해리 포터와 비밀의 방〉

그림 5.

〈해리 포터와 비밀의 방〉에는 맨드레이크가 등장한다. 이 생명체 잎사귀의 비주얼 개발 작업은 실제 맨드레이크 식물을 바탕으로 했다. 몸통과 팔다리를 제대로 표현해야 했기 때문이다. 특수 제작소 디자이너들은 맨드레이크의 몸을 만들 때, 아기 맨드레이크를 안아주고 싶을 만큼 너무 귀엽게 만들면 안 된다고 생각했다. 맨드레이크는 죽여서 해독제를 만드는 데 쓰였기 때문이다. 그래서 주름투성이에 악을 쓰는 표정으로 되도록 끔찍하고 보기 싫게 만들었다. 제작 팀은 몸이 절반쯤 화분 밖으로 나온 기계 맨드레이크를 50뿌리 이상 완벽하게 제작했고, 이를 아주 단순한 실사 특수효과(애니메트로닉 인형 장치)로 작동시켰다. 맨드레이크의 기계 장치는 화분 안에 있었고, 온실 테이블 밑의 조종 장치로 움직였다. 일단 애니메트로닉 장치를 켜면 맨드레이크는 몸을 비틀고 꼼지락거리는 등의 동작을 했는데, 빠르거나 느리게도 할 수 있었다.

스프라우트 교수와 드레이코 말포이를 포함한 몇몇 학생의 맨드레이크는 비슷하게 움직였다. 이 맨드레이크들은 화분에서 뽑힌 다음에도 입과 팔다리를 움직여야 했는데, 이런 동작들은 무선 장치로 조종했다.

그림 2.

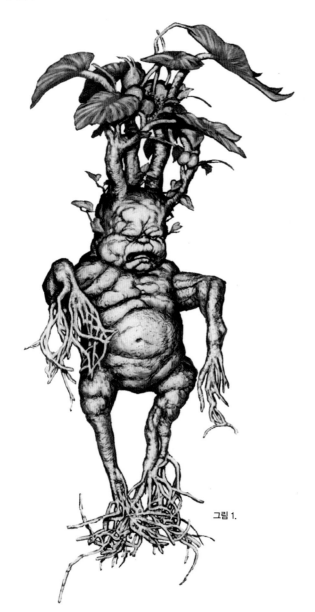

그림 1.

그림 1, 5. 더멋 파워는 〈해리 포터와 비밀의 방〉의 비주얼 개발 작업에 영감을 얻기 위해 실제 맨드레이크를 연구했다.
그림 2. 애니메트로닉 맨드레이크들이 화분 밖으로 나와 특수 제작소에 걸려 있다.
그림 3. 〈해리 포터와 비밀의 방〉에서 헤르미온느 그레인저(에마 왓슨, 가운데)가 분 갈이를 하기 위해 맨드레이크를 뽑아 든 장면.
그림 4. 그다지 사랑스럽지 않은 애니메트로닉 아기 맨드레이크를 클로즈업했다.

간략한 사실들

맨드레이크

1. **영화 속 등장:** 〈해리 포터와 비밀의 방〉

2. **등장 장소:** 호그와트의 온실

3. **《해리 포터와 비밀의 방》 6장 설명:**
"땅속에서 뿌리 대신, 진흙투성이에 작고 굉장히 못생긴 아기가 뽑혀
나온 것이다. 아기의 머리에서 잎이 자라고 있었다.
아기는 얼룩덜룩한 엷은 초록빛 피부를 가지고 있었고,
목청껏 울어 젖히고 있는 것처럼 보였다."

그림 3.

그림 5.

그림 4.

후려치는 버드나무

〈해리 포터〉영화에 등장하는 후려치는 버드나무는 호그와트 교정에서 자라는 위험하고 심술궂은 식물로, 가지들을 휘둘러 상대를 휘어잡고 때린다. 이 나무는 몹시 튼튼하다. 〈해리 포터와 비밀의 방〉에서 론 위즐리와 해리 포터는 위즐리 집안 소유의 하늘을 나는 포드 앵글리아를 타고 가다가 이 나무의 가지에 부딪히는데, 이때 나무보다 차가 더 많이 부서진다. 후려치는 버드나무에는 악쓰는 오두막으로 들어가는 비밀 입구가 있다. 이 사실은 〈해리 포터와 아즈카반의 죄수〉에서 밝혀진다.

"네가 태어나기 전부터 여기 있었던 후려치는 버드나무에 끼친 피해까지는 말하지 않더라도 말이지."

세베루스 스네이프,
〈해리 포터와 비밀의 방〉

그림 1.

그림 2.

그림 3.

그림 1. 〈해리 포터와 비밀의 방〉에서 하늘을 나는 포드 앵글리아가 후려치는 버드나무에 부딪히기 직전의 콘셉트 아트. 더멋 파워 작품.

그림 2. 〈해리 포터와 비밀의 방〉에서 위즐리 가족 소유의 하늘을 나는 자동차가 해리 포터(대니얼 래드클리프)와 론 위즐리(루퍼트 그린트)를 태우고 호그와트 정원에서 후려치는 버드나무와 충돌한다.

그림 3. 안개 낀 밤 후려치는 버드나무의 실루엣. 더멋 파워 작품.

디자이너들은 〈해리 포터와 비밀의 방〉에서 후려치는 버드나무가 맡은 역할(차를 집어삼켰다가 내뱉는 일)을 고려해서 나무를 크게 만들기로 했다. 그것도 아주 크게. 〈해리 포터〉영화 제작 중에 종종 일어나는 일이지만, 특수효과, 시각효과, 미술 팀이 함께 의논한 결과 원래 컴퓨터 작업으로 만들려던 나무는 높이가 26미터에 이르는 거대한 실물로 제작되었다. 그 첫 단계로, 유압식으로 작동하는 토대를 설치한 다음, 고무로 만든 나무줄기를 씌워서 이 장치를 가렸다. 여기에 차가 들어가면 흔들리게 할 수 있었다. 그런 다음, 유압식으로 작동하는 가지를 더해서 자동차를 붙들고 이리저리 비틀게 했다. 줄기와 가지는 왈도 장치라는 나무의 미니어처 버전으로 조종했다. 왈도는 컴퓨터를 통해서 실제 크기 나무에 전기 신호를 보내 행동을 통제하는 장치다. 나무는 이 신호를 받으면 왈도의 움직임을 따라 했다.

〈해리 포터와 아즈카반의 죄수〉에서 후려치는 버드나무는 경기장 근처에서 호그와트 성에 더 가까운 곳으로 옮겨진다. 크기 역시 작아진다. 검은 개가 론을 붙잡아 안으로 끌고 들어가는 연속 동작이 나무 밑동에서 일어나기 때문이다. 하지만 후려치는 버드나무는 여전히 위험해서, 채찍 같은 가지로 해리와 헤르미온느 그레인저를 붙들고 공중에 휘두른다. 동작 제어 장치는 애니메틱(스토리보드는 디지털로 만들었다)에 설계된 대로 대니얼 래드클리프(해리)와 에마 왓슨(헤르미온느)을 휘둘렀다. 그런 다음 이 장치의 움직임을 컴퓨터로 옮겨서 나뭇가지를 사납게 휘두르며 상대를 휘어잡는 움직임으로 바꾸었다. 너무 위험한 동작에는 대니얼과 에마 대신 두 사람의 3D 디지털 모형을 사용했다.

그림 1.

그림 2.

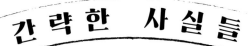

간략한 사실들

후려치는 버드나무

✦

1. 영화 속 첫 등장: 〈해리 포터와 비밀의 방〉

2. 재등장: 〈해리 포터와 아즈카반의 죄수〉, 〈해리 포터와 불의 잔〉, 〈해리 포터와 죽음의 성물 2부〉

3. 등장 장소: 호그와트 정원

4. 《해리 포터와 비밀의 방》 5장 설명:
"앞 유리는 이제 손마디처럼 생긴 잔가지의 빗발치는 타격을 받아 떨렸고,
성문도 부술 법한 굵은 가지 하나는
지붕을 함몰시킬 것처럼 사납게 두들기고 있었다."

그림 1. 〈해리 포터와 비밀의 방〉에서 포드 앵글리아가 후려치는 버드나무와 부딪힌 다음 나무 밑동에 서 있다. 더 멋 파워 콘셉트 아트.

그림 2. 〈해리 포터와 비밀의 방〉에서 포드 앵글리아가 호그와트 정원으로 하강하기 시작한다. 더멋 파워 아트워크.

그림 3. 〈해리 포터와 아즈카반의 죄수〉에 등장한 후려치는 버드나무의 가을 모습. 더멋 파워 작품.

그림 4. 〈해리 포터와 아즈카반의 죄수〉에 등장한 후려치는 버드나무의 겨울 모습. 애덤 브록뱅크 작품.

그림 3.

그림 4.

밈뷸러스 밈블토니아

〈해리 포터와 불사조 기사단〉에서 네빌 롱보텀은 학교에 밈뷸러스 밈블토니아를 가져온다. 회색빛이 도는 이 울퉁불퉁한 식물은 꿈틀거리고 진동하며, 화가 나면 끈끈한 액체도 쏜다. 네빌은 이 식물을 아주 잘 돌본다. 이 식물은 〈해리 포터와 죽음의 성물 2부〉의 필요의 방 장면에도 등장했는데, 가까이에 무선 송신기가 놓여 있었다.

밈뷸러스 밈블토니아는 맨드레이크와 비슷한 방식으로 조종했다. 식물 안쪽에 금속 골격을 설치한 다음, 무선 조종기를 이용해 뒤틀거나 움츠러들게 한 것이다. 이런 간단한 동작을 하는 생명체는 무선으로 조종하지만, 좀 더 복잡하고 정교한 움직임을 보이는 생명체에는 컴퓨터 프로그램이 필요하다.

〈해리 포터와 불사조 기사단〉에서 삭제된 장면이 하나 있다. 네빌이 그리핀도르 휴게실에서 밈뷸러스 밈블토니아를 조사하다가 실수로 찌르면 안 되는 곳을 찌르자, 이 식물이 네빌의 온몸에 녹색 오물을 뿜는 장면이다. 데이비드 예이츠 감독은 매슈 루이스(네빌 롱보텀)에게 오물을 맞을 때 반응하지 말라고, 꼼짝도 하지 말라고 지시했다. 하지만 매슈는 무슨 일이 벌어질지 알았기 때문에 가만히 있는 일이 갈수록 힘들어졌다고 고백했다. 그는 다시 촬영할 때마다 옷을 갈아입고 씻어야 했다.

그림 1.

간략한 사실들

밈뷸러스 밈블토니아

1. **영화 속 첫 등장:** 〈해리 포터와 불사조 기사단〉
2. **재등장:** 〈해리 포터와 죽음의 성물 2부〉
3. **등장 장소:** 그리핀도르 휴게실, 필요의 방
4. **《해리 포터와 불사조 기사단》 10장 설명:**
"[네빌은]…… 작은 회색 선인장 화분 같은 것을 꺼냈다.
단지 그 선인장은 가시가 아닌
종기 같은 것으로 뒤덮여 있었다."

그림 1. 네빌 롱보텀(매슈 루이스)이 그리핀도르 휴게실에서 밈뷸러스 밈블토니아를 앞에 두고 있다. 〈해리 포터와 불사조기사단〉에서 편집된 장면.
그림 2. 롭 블리스의 식물 묘사.

그림 2.

독손가락

〈해리 포터와 혼혈 왕자〉에서 해리 포터는 펠릭스 펠리시스 마법약을 마시고 온실 옆을 지나가다가 호러스 슬러그혼 교수를 본다. 이 식물이 등장하는 영화 속 유일한 장면으로, 슬러그혼 교수는 독손가락Venomous Tentacula의 잎을 잘라낸다. 이 식물의 원래 이름에서 'venomous'는 독성을, 'tentacula'는 잎이 무성한 덩굴식물을 뜻한다. 물결치듯 움직이며 상대를 휘어잡는 독손가락의 덩굴손은 컴퓨터 작업으로 만들었다.

그림 1.

"그거 독손가락 잎 아닌가요, 교수님?
그거 아주 비싸죠, 그렇죠?"

해리 포터,
〈해리 포터와 혼혈 왕자〉

그림 2.

그림 3.

간략한 사실들

독손가락

✶

1. 영화 속 등장: 〈해리 포터와 혼혈 왕자〉

2. 등장 장소: 약초학 온실

3. 《해리 포터와 비밀의 방》 6장 설명:
"스프라우트 교수는 그렇게 말하면서,
그녀의 어깨 위로 슬금슬금 촉수를 뻗어 가던 뾰족한
암적색 식물을 찰싹 때려서 기다란 촉수를 집어넣게 만들었다."

그림 1. 〈해리 포터와 혼혈 왕자〉에 등장한 독손가락의 촉수들 예시. 애덤 브룩뱅크 작품.
그림 2. 〈해리 포터와 혼혈 왕자〉에 등장한 독손가락의 전체 모습. 애덤 브룩뱅크 작품.
그림 3. 〈해리 포터와 혼혈 왕자〉에서 해리 포터(대니얼 래드클리프, 뒤)가 슬러그혼(짐 브로드벤트)이 몰래 독손가락 잎을 자르는 모습을 보는 장면.
그림 4. 데이비드 예이츠 감독이 배우 짐 브로드벤트(호러스 슬러그혼)에게 독손가락이 온실 속에서 어떻게 나타나는지 시범을 보이고 있다.

그림 4.

"물론, 내 관심은……
순전히 학문적인 것이지."

호러스 슬러그혼,
〈해리 포터와 혼혈 왕자〉

비행 자두

〈해리 포터와 죽음의 성물 1부〉에 등장하는 비행 자두는 어두운 색으로 반짝이는 무성한 이파리들 사이에서 거꾸로 자라는 것으로 묘사되었다. 〈해리 포터와 죽음의 성물 1부〉에서 제노필리우스 러브굿의 집을 방문한 해리 포터, 헤르미온느 그레인저, 론 위즐리는 러브굿의 집 옆에서 이 식물을 보게 된다. 비행 자두는 오렌지색이고, 자두보다는 순무와 비슷한 형태다. 그리고 헬륨을 가득 채운 풍선처럼 날아갈 수 있다. 〈해리 포터와 불사조 기사단〉에서 루나 러브굿은 비행 자두 모양의 귀고리를 하고 등장한다. 루나를 연기한 이반나 린치는 시리즈 내내 순무 모양의 귀고리를 비롯해서 배역에 어울리는 여러 가지 장신구를 만들어서 착용했다.

"비행 자두에 접근하지 말라고?"

론 위즐리,
〈해리 포터와 죽음의 성물 1부〉에서
러브굿네 집 앞의 표지판을 읽으며

그림 2.

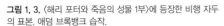

그림 1.

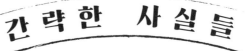

간략한 사실들

비행 자두

✳

1. 장신구로 영화 속 첫 등장: 〈해리 포터와 불사조 기사단〉

2. 나무로 영화 속 첫 등장: 〈해리 포터와 죽음의 성물 1부〉

3. 등장 장소: 제노필리우스 러브굿의 집

4. 《해리 포터와 죽음의 성물》 20장 설명:
"현관문까지 지그재그로 이어지는 길에는 각종 희한한 식물들이 무성하게 자라 있었는데, 그중에는 루나가 귀걸이로 걸고 다니던 순무처럼 생긴 주황색 과일이 잔뜩 열린 덤불 나무도 있었다."

그림 1, 3. 〈해리 포터와 죽음의 성물 1부〉에 등장한 비행 자두의 표본. 애덤 브록뱅크 습작.
그림 2. 〈해리 포터와 죽음의 성물 1부〉 세트장 안 러브굿네 집 앞의 비행 자두 나무.
그림 4. 같은 장면에 헤르미온느, 해리, 론이 있다. 애덤 브록뱅크 콘셉트 아트.

그림 3.

그림 4.

KEEP OFF
THE
DIRIGIBLE
PLUMS

CHAPTER THREE

변신 생명체

〈해리 포터〉 영화에 구현된 마법 세계에는 형태를 바꾸는 여러 생명체들이 존재한다.
마법사들이 연구해 온 마법 중 하나는 스스로 원할 때 동물로 변신하는 것이다.
이런 마법을 쓰는 이들을 애니마기(Aanimagi, animagus의 복수형)라고 한다.
한편, 늑대인간에게 물린 마법사들은 늑대인간으로 변신할 수밖에 없다.
보가트는 늘 형태를 바꾸는 생명체로, 본래 형태는 알 수 없다.
바라보는 이가 가장 두려워하는 대상으로 변신하기 때문이다.

애니마구스

해리 포터 세계에서 애니마구스는 마음대로 동물로 변신할 수 있는 마법사를 일컫는다. 마법사의 애니마구스 유형은 몇 가지로 나뉘는데, 신체적인 것이든 비신체적인 것이든 인식 가능한 표지가 있기 때문에 이들을 알아볼 수 있다. 애니마구스의 패트로누스는 대개 같은 동물 종이다.

"해리, 함정이야.
그 개가 시리우스 블랙이었어……
그 사람 애니마구스였다고!"

론 위즐리,
〈해리 포터와 아즈카반의 죄수〉

그림 1.

46쪽: 〈해리 포터와 아즈카반의 죄수〉에서 늑대인간으로 변한 리머스 루핀이 금지된 숲을 가로지르는 모습. 애덤 브록뱅크 콘셉트 아트.
그림 1. 〈해리 포터와 마법사의 돌〉에서 미세스 P. 헤드가 연기한 애니마구스 모습의 맥고나걸 교수.
그림 2. 〈해리 포터와 아즈카반의 죄수〉에서 쥐 스캐버스가 5단계에 걸쳐 피터 페티그루로 변하는 모습. 롭 블리스 아트워크.
그림 3. 〈해리 포터와 마법사의 돌〉에서 맥고나걸 교수가 애니마구스로 변신한 채 1학년 변환 마법 수업을 지켜보는 장면.
그림 4. 맥고나걸 교수가 애니마구스 형태로 변하는 디지털 구성.

그림 2.

미네르바 맥고나걸

미네르바 맥고나걸 교수의 애니마구스 형태는 회색 얼룩 고양이다. 〈해리 포터와 마법사의 돌〉에서 맥고나걸 교수는 바로 이 고양이의 모습으로 변신해 해리 포터의 친척인 더즐리 가족을 몰래 지켜보았다. 맥고나걸은 1학년 학생들의 변환 마법 수업도 애니마구스의 모습으로 지켜본다.

맥고나걸 교수의 애니마구스는 미세스 P. 헤드라는 이름의 얼룩 고양이가 연기했다. 고양이에게는 이미 '멋진' 무늬가 있어서 분장이나 컴퓨터 효과를 추가할 필요가 없었다. 영화〈해리 포터와 마법사의 돌〉에서는 해리와 론 위즐리가 변환 마법 수업에 들어갈 때 맥고나걸의 애니마구스가 책상에서 뛰어내려 인간 맥고나걸로 변한다. 이 장면을 찍기 위해 조련사는 안전장치의 끝을 잡고 책상 밑에 숨어 있었

다. 미세스 P. 헤드는 조련사 바로 위쪽에 앉아 있다가 신호를 받고 책상에서 뛰어내렸고, 그와 동시에 안전장치가 풀렸다. 이 장면은 후에 고양이가 교수로 변하는 컴퓨터 장면과 합성되었다.

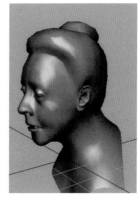 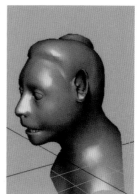

그림 4.

"빌어먹게 끝내주는군!"

론 위즐리,
〈해리 포터와 마법사의 돌〉에서 얼룩 고양이가 맥고나걸 교수로 변신하는 모습을 본 후

그림 3.

간략한 사실들

미네르바 맥고나걸

✳

1. 영화 속 등장: 〈해리 포터와 마법사의 돌〉
2. 등장 장소: 프리빗가, 변환 마법 교실, 호그와트 성
3. 동물 배우: 미세스 P. 헤드
4. 《해리 포터와 마법사의 돌》1장 설명:
"뭔가 기이한 일이 일어나고 있다는 징후가 처음으로
눈에 들어온 것은 골목을 빠져나가는 모퉁이에서였다.
고양이 한 마리가 지도를 읽고 있었다."

시리우스 블랙

시리우스 블랙의 애니마구스 형태는 친구들이 '패드풋'이라고 이름 붙인 크고 검은 개로, 〈해리 포터와 아즈카반의 죄수〉에 처음 등장한다. 시리우스, 제임스 포터, 피터 페티그루는 그리핀도르 친구인 리머스 루핀이 늑대인간이라는 사실을 알게 되자, 스스로 애니마구스가 되기 위해 공부한다. 결국 '프롱스'라는 이름의 수사슴으로 변신한 제임스와 시리우스는 매달 리머스가 변신할 때 그를 통제했다. 후에 시리우스는 〈해리 포터와 불사조 기사단〉에서 애니마구스 형태라는 이점을 활용해 호그와트로 떠나는 해리 포터를 몰래 배웅한다.

〈해리 포터와 아즈카반의 죄수〉에서 처음에 죽음의 징조로 오해받는 패드풋은 컴퓨터로 만든 애니마구스다. 영화제작자들은 도그쇼에서 페른이라는 이름의 킬본 디어하운드 개(정식 명

칭: 챔피언 킬본 달링)를 데려왔고, 페른을 패드풋의 토대로 삼았다. 날씬한 몸에 귀가 뾰족한 페른은 뒷다리로 서서 점프하는 걸 배웠는데, 이는 패드풋의 디지털 템플릿에 필요한 묘기들이었다. 클레오드라는 이름의 다른 킬본 디어하운드 개가 페른을 보조했다. 도그쇼의 우승견 클레오드(정식 이름: 챔피언 킬본 맥리어드)는 본래 회색이어서 씻어낼 수 있는 검은색 염료를 사용해 일시적으로 털을 어두운 색으로 만들어야 했다.

시리우스의 애니마구스는 〈해리 포터와 불사조 기사단〉 때 다시 등장했는데, 이때는 구조견으로 일하는 퀸이라는 이름의 스코틀랜드 디어하운드가 연기했다. 퀸의 조련사는 퀸이 약간 고집스럽지만 장난을 좋아한다고 설명했다.

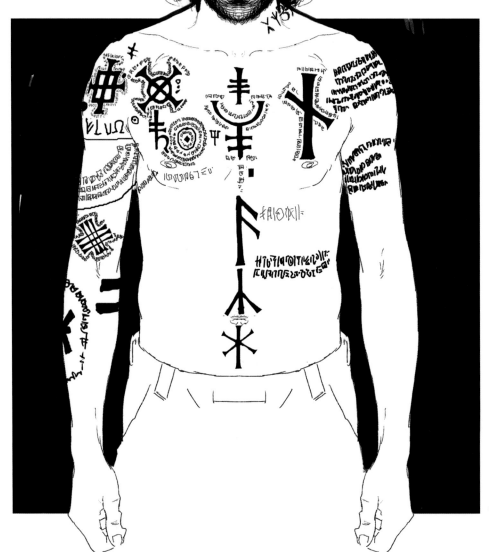

그림 1.

그림 2.

그림 3.

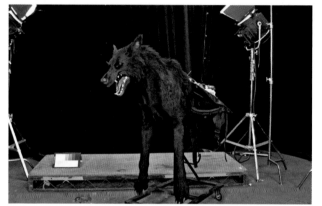
그림 4.

"보통 나는 개가 되면 굉장히 다정해져. 실제로 제임스는 나에게 몇 번이나
영원히 변신해서 사는 건 어떠냐고 했었다니까.
그런데 꼬리는 참을 수 있어도 벼룩은 참을 수 없더라고. 벼룩은 없어져야 해."

시리우스 블랙,
〈해리 포터와 아즈카반의 죄수〉

그림 5.

간략한 사실들

시리우스 블랙

1. 영화 속 첫 등장: 〈해리 포터와 아즈카반의 죄수〉

2. 재등장: 〈해리 포터와 불사조 기사단〉

3. 등장 장소: 프리빗가, 호그와트, 킹스크로스역

4. 동물 배우:
페른과 클라우드(〈해리 포터와 아즈카반의 죄수〉),
퀸(〈해리 포터와 불사조 기사단〉)

5. 《해리 포터와 아즈카반의 죄수》 17장 설명:
"뭔가가 어둠 속에서 그들을 향해 튀어나왔다.
커다랗고 엷은 색깔 눈동자를 가진 새까만 개였다."

그림 1. 시리우스 블랙 몸에 연금술 문신을 새길 위치
를 표시한 그림. 롭 블리스 작품.
그림 2. 게리 올드먼(시리우스 블랙)의 〈해리 포터와
불사조 기사단〉 홍보용 사진.
그림 3, 4. 시리우스의 애니마구스 형태 모형.
그림 5. 의상 디자이너 자니 트밈의 콘셉트에 기초한
〈해리 포터와 불사조 기사단〉의 시리우스 블랙의 로
브. 마우리시오 카네이로 스케치.

피터 페티그루

〈해리 포터와 아즈카반의 죄수〉에서 여러 사건이 일어나는 동안, 해리 포터는 아버지 제임스가 호그와트 시절에 시리우스 블랙, 리머스 루핀, 피터 페티그루와 친한 친구 사이였다는 사실을 알게 된다. 페티그루는 제임스와 시리우스와 함께 애니마구스가 되고 '웜테일'이라는 이름의 쥐로 변신한다. 후에 페티그루는 제임스와 릴리 포터를 볼드모트에게 넘기고, 위즐리 가족의 애완동물 스캐버스로 숨어 지낸다.

〈해리 포터와 아즈카반의 죄수〉에서 피터 페티그루의 애니마구스는 주로 덱스라는 이름의 쥐가 연기했고, 여러 버전의 애니메트로닉 쥐들이 보조했다. 악쓰는 오두막에서 쥐가 피터 페티그루로 변신하는 과정은 실제 쥐와 로봇 쥐를 합성했다. 론 위즐리가 갖고 있는 쥐는 스캐버스가 아니라 페티그루의 애니마구스 형태라는 사실을 시리우스 블랙이 처음으로 밝혔을 때, 배우 루퍼트 그린트(론)는 덱스를 안고 있었다. 그러나 게리 올드먼(시리우스)이 론의 손에서 낚아챈 것은 웜테일의 애니메트로닉 버전 중 하나였다.

덱스는 A 지점에서 B 지점까지 달려가는 훈련을 받았고, 이는 웜테일이 피아노 위와 악쓰는 오두막 바닥을 가로질러 달아나는 장면에 쓰였다. 그 외에 동물이 떨어지고, 던져지고, 움켜잡히는 등의 장면은 애니메트로닉 또는 디지털 버전으로 재연했다.

맥고나걸 교수나 시리우스 블랙과 달리 피터 페티그루는 인간일 때도 쥐의 특성을 분명하게 드러낸다. 분장 팀은 가발에 쥐의 털색을 입히고 쥐 같은 이빨과 손톱을 만들어서, 배우 티머시 스폴이 연기한 피터 페티그루의 사람 버전을 만들어 냈다.

그림 2.

그림 1.

"우리는 그를 친구로 생각했어."

리머스 루핀,
〈해리 포터와 아즈카반의 죄수〉

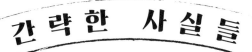

간략한 사실들

피터 페티그루

1. 웜테일로 영화에 등장: 〈해리 포터와 아즈카반의 죄수〉

2. 등장 장소: 악쓰는 오두막

3. 동물 배우: 덱스와 다른 살아 있는 쥐와 애니메트로닉 쥐

4. 《해리 포터와 아즈카반의 죄수》 11장 설명:
"한때 그토록 뚱뚱했던 스캐버스가
지금은 매우 앙상해진 걸 보니⋯⋯
털도 뭉텅뭉텅 빠진 듯했다."

"그것도 아주 처참히 살해됐소.
흔적조차 없이!
남은 건 손가락 하나뿐이었소."

코닐리어스 퍼지 마법 정부 총리,
〈해리 포터와 아즈카반의 죄수〉

그림 4.

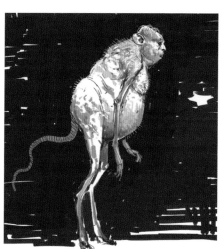

그림 5.

그림 1. 페티그루의 설치류 특징이 두드러지게 나타나 있
다. 롭 블리스 아트워크.
그림 2. 〈해리 포터와 혼혈 왕자〉에 등장한 피터 페티그루
(티머시 스폴).
그림 3. 〈해리 포터와 아즈카반의 죄수〉에서 피터 페티그루
가 쥐 웜테일로 변하는 모습. 롭 블리스 묘사.
그림 4, 5. 피터 페티그루의 쥐 형태와 인간 형태가 결합된
전신 습작. 롭 블리스 작품.

그림 3.

보가트

보가트의 원래 모습은 아무도 모른다. 보는 사람이 가장 두려워하는 형태로 변하기 때문이다. 어둠의 마법 방어법 교수인 리머스 루핀은 〈해리 포터와 아즈카반의 죄수〉에서 3학년 학생들에게 이런 생명체가 접근하지 못하도록 막는 '리디큘러스' 마법을 가르친다. 이 영화에서 루핀은 해리에게 개인적으로 패트로누스 마법을 가르치는데, 해리 포터가 가장 두려워하는 디멘터를 물리칠 수 있도록 돕기 위해서다. 이때도 루핀은 보가트를 이용한다.

〈해리 포터와 아즈카반의 죄수〉에서 가장 먼저 리디큘러스 마법을 시도한 네빌 롱보텀은 스네이프 교수에게 자신의 할머니 옷을 입힌다. 꼭대기에 새가 달린 모자와 트위드 스커트의 앙상블이다. 론은 애크로맨툴라가 다리 8개로 롤러스케이트를 타는 모습을 상상하고, 파르바티는 코브라를 인형이 튀어나오는 상자로 바꾼다. 하지만 해리가 디멘터를 보자 루핀이 수업을 중단한다. 루핀이 가장 두려워하는 것은 어두운 하늘에 뜬 보름달인데, 그는 이것을 바람이 빠지는 하얀 풍선으로 바꾼다. 영화에 등장한 이 모든 효과는 컴퓨터로 만들어졌다. 보가트의 본래 모습은 아무도 모르지만, 시각효과 디자이너들은 무서운 대상이 우스운 대상으로 변하는 과정을 만들어야 했다. 이들은 보가트의 무섭고 우스운 형태들을 소용돌이치는 토네이도처럼 표현했다.

"보가트는 형태를 바꾸는 생명체입니다. 상대가 가장 두려워하는 것이 무엇이든 바로 그 형태로 변신합니다."

헤르미온느 그레인저,
〈해리 포터와 아즈카반의 죄수〉

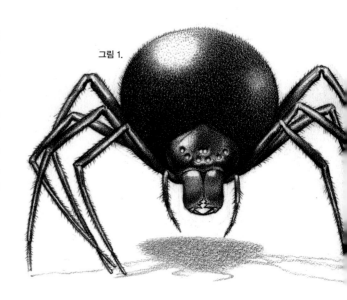

그림 1.

그림 1, 2. 〈해리 포터와 아즈카반의 죄수〉에 등장한 마법을 쓰기 전후의 거미 콘셉트 아트. 웨인 발로 작품.
그림 3. 〈해리 포터와 아즈카반의 죄수〉에서 해리(대니얼 래드클리프)가 위협적인 보가트 인형이 튀어나오는 상자를 상대로 리디큘러스 마법을 연습하는 장면.
그림 4. 같은 장면에서 네빌 롱보텀은 보가트의 모습을 자신의 할머니 옷을 입은 스네이프 교수(앨런 릭먼)로 상상했다.

그림 2.

그림 3.

그림 4.

"다행히 보가트는 간단한 마법으로 물리칠 수 있다.
지금 연습해 보자. 자, 지팡이 없이 해볼게.
나를 따라 해봐. 리디큘러스!"

리머스 루핀,
〈해리 포터와 아즈카반의 죄수〉

늑대인간

애니마구스는 〈해리 포터와 마법사의 돌〉에 등장하는 맥고나걸 교수나 〈해리 포터와 아즈카반의 죄수〉에 등장하는 피터 페티그루처럼 스스로 원할 때 동물로 변하는 경우를 말한다. 그러나 늑대인간은 자신의 의지와는 상관없이 변한다. 이들은 보름달이 뜰 때 변신한다.

그림 1.

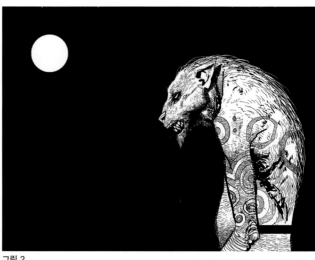

그림 2.

그림 3.

〈해리 포터와 아즈카반의 죄수〉에 등장하는 리머스 루핀 교수의 늑대인간 형태에 대한 다른 해석들. 롭 블리스(그림 1, 2, 4, 5)와 애덤 브룩뱅크(그림 3)의 콘셉트 아트.
그림 6~9. 루핀이 늑대인간으로 변화하는 단계 탐구. 애덤 브룩뱅크 습작들.

그림 4.

그림 5.

그림 6.

그림 7.

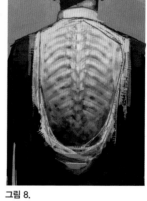

그림 8.

그림 9.

그림 2.

"너희들을 무지에서 벗어나게 해주마.
월요일 아침까지 내 책상 위에 양피지 두루마리
두 개 분량으로 늑대인간에 대해 조사해서
올려두거라. 특히 늑대인간을 구별하는 법을
중점적으로 조사하도록."

세베루스 스네이프,
〈해리 포터와 아즈카반의 죄수〉

그림 1~4. 〈해리 포터와 아즈카반의 죄수〉에 등장한
늑대인간 콘셉트. 롭 블리스 습작들.

그림 1.

그림 3.

그림 4.

리머스 루핀

〈해리 포터와 아즈카반의 죄수〉에는 리머스 루핀이 어린 시절, 늑대인간 펜리르 그레이백에게 물린 이야기가 소개된다. 어른이 된 후에는 투구꽃 마법약을 먹으면서 스스로를 통제할 수 있게 되었지만, 루핀은 여전히 수치스럽고 무거운 비밀과 싸우고 있다. 제작진은 의상과 분장으로 이 분위기를 표현했다.

늑대인간으로 변신한다는 소재는 리머스 루핀 이전에도 영화 역사 전반에 걸쳐 백번 이상 다루어졌기 때문에, 〈해리 포터와 아즈카반의 죄수〉의 비주얼 개발 작업 팀은 이 상징적인 인물에 새로운 느낌을 부여하고자 했다. 새로운 영감은 루핀의 상태를 질병으로 보자는 데서 시작되었다. 그 결과, 루핀의 창백한 얼굴과 흉터투성이 몸은 고통에 맞서 싸우는 표지가 되었고, 우중충하고 낡은 옷은 그가 겪는 고난과 결핍을 암시하게 되었다.

루핀의 늑대인간 모습은 영화 속의 상투적인 늑대인간들처럼 무섭게 만드는 대신, 무겁고 슬픈 분위기를 담아 만들었다. 분장은 늑대의 얼굴에도 인간의 형태가 남도록 디자인했다. 루핀의 늑대인간은 거의 먹지 않아서 빼빼 마른 흉터투성이 몸에 다리가 길고 등이 굽은 것으로 디자인되었다. 대다수의 영화 속 다른 늑대인간들과 구분되는 또 하나의 큰 차이는 루핀에게 비교적 털이 없다는 것이다.

처음에 특수 캐릭터 디자이너들은 보형물과 애니메트로닉을 이용해 실사로 늑대인간의 변신 과정을 촬영하려고 했다. 이들은 소품을 어떻게 조작할 것인지에 대한 걱정은 미뤄두고, 일단 원하는 모습의 늑대인간을 만들었다. 그 결과 키가 엄청나게 크고(2.1미터), 체격은

아주 앙상한 기이한 생명체가 만들어졌다. 그 때문에 연기자에게는 이 보형물의 내부에 꼭 맞는 체격과 특별한 기술이 요구되었다. 킥복싱 선수와 댄서가 뽑혔고, 이들은 몇 달 동안 90센티미터 높이의 죽마를 신고 훈련했다. 영화에 필요한 키로 성큼성큼 걷기 위해서였다. 그러나 후려치는 버드나무가 있는 실제 촬영장에 가자, 연기자들은 연습한 만큼 효과를 내지 못했다. 복장이 너무 조이고 답답해서 제작진이 원하는 만큼 역동적으로 생명체를 표현할 수 없는 데다, 촬영 장소가 바위와 키가 큰 풀로 가득한 구불구불한 언덕이어서 지형을 가로질러 빠르게 이동할 수 없었던 것이다. 이런 이유들 때문에 스크린에 마지막으로 등장한 늑대인간은 결국 컴퓨터로 만들었다.

배우 데이비드 슐리스(리머스 루핀)가 늑대인간으로 변신했을 때 애처롭고 뒤틀린 신체를 표현하도록 안무가를 섭외했으며, 배우에게 늑대인간 분장을 비롯한 온갖 종류의 효과를 적용했다. 루핀이 인간에서 늑대인간으로 완벽하게 변신하는 과정에는 실제적인 것과 메이크업 효과들이 결합되었다. 데이비드 슐리스는 보형물을 몇 단계로 착용해서 눈과 이와 손을 변화시켰다. 또 코트 등판 아래에는 유선으로 조종되는 장치를 넣어서 이것이 팽창하면서 천이 찢어지게 했고, 목에는 공기 주머니를 장착해 부풀어 오르도록 했다. 배우의 발이 길게 늘어나 신발 밖으로 나오는 장면에는 시각적 속임수를 썼다. 슐리스는 기억한다. "그 장면을 나흘에 걸쳐 촬영했어요. 완전 분장을 하고 겨우 하루를 보냈는데 이 캐릭터가 완전한 CG 생명체가 되었죠."

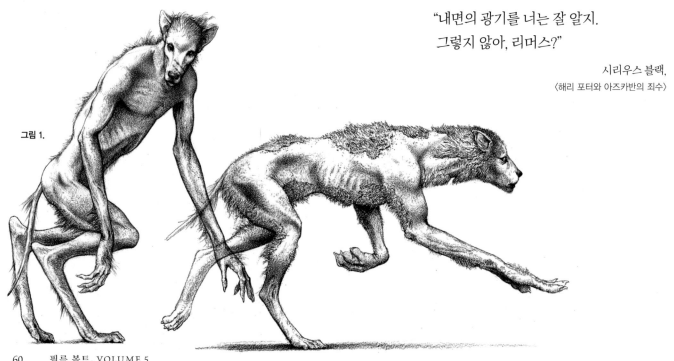

그림 1.

"내면의 광기를 너는 잘 알지.
그렇지 않아, 리머스?"

시리우스 블랙,
〈해리 포터와 아즈카반의 죄수〉

그림 2.

리머스 루핀

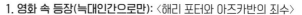

1. 영화 속 등장(늑대인간으로만): 〈해리 포터와 아즈카반의 죄수〉

2. 등장 장소: 호그와트 성

3. 디자인 노트: 리머스 루핀의 얼굴에 새겨진 2개의
흉터는 그의 두 모습 사이의 연결을 상징한다.

4. 《해리 포터와 아즈카반의 죄수》 20장 설명:
"루핀의 머리가 길어졌다. 몸도 늘어났다.
어깨가 구부러지고, 얼굴과 손에서는 분명 털이 나고 있었다.
손이 오그라들더니 발톱 달린 발로 변했다."

그림 3.

그림 4.

그림 1, 2. 늑대 모습을 한 루핀 교수 습작. 웨인 발로 작품.

그림 3. 데이비드 슐리스(리머스 루핀)의 〈해리 포터와 아즈카반의 죄수〉 홍보용
사진. 늑대인간의 고통을 드러내는 흉터가 있다.

그림 4. 늑대인간에 깃든 감성적인 면 탐구. 웨인 발로 습작.

펜리르 그레이백

<해리 포터> 영화에서 펜리르 그레이백은 자신의 야수적인 본성을 몹시 좋아해서 서서히 늑대와 인간이 뒤섞인 늑대인간이 된다. 그레이백은 <해리 포터와 혼혈 왕자>에서 다이애건 앨리, 호그와트 천문탑, 버로에서의 공격에 관여하고, <해리 포터와 죽음의 성물 1부>와 <해리 포터와 죽음의 성물 2부>의 전투에도 참여한다.

같은 늑대인간이지만 리머스 루핀과 펜리르 그레이백 사이에는 중요한 차이가 있다. 그레이백은 자신의 변신을 매우 반겨서 인간 형태일 때도 늑대의 성격을 간직한다는 점이다. 켄타우로스나 인어처럼 그레이백에게는 늑대와 인간의 분명한 경계선이 없다. 디자이너들이 늑대의 짧은 털이 가슴에서 시작해 얼굴과 머리카락까지 연결되도록 만들었기 때문에 이 생명체에게는 머리카락 구분선이 따로 없다. 배우 데이브 르게노는 눈썹을 없앴으며 밝은 빛에 늑대와 똑같이 반응하기 위해 검은 콘택트렌즈를 꼈다.

그레이백의 늑대 털을 정교하게 살리기 위해서 특수분장 팀은 실리콘 보형물 7개를 준비해 색을 칠한 다음 염소 털을 하나하나 박아 넣었다. 털을 붙일 때는 접착제를 쓰지 않고 한 올씩 박아 넣었기 때문에 더 자유롭게 움직일 수 있었다. 이 보형물을 배우의 얼굴, 가슴, 귀에 부착했다. 이런 식으로 작은 보형물을 여러 개 부착하면 큰 보형물 두세 개를 쓸 때보다 더 확실하고 정확한 응용을 할 수 있어서 분장사들의 작업이 훨씬 쉬워진다. 보형물은 그날 촬영이 끝나면 제거 전문가가 떼어서 버리기 때문에 계속 촬영하려면 매일 새 보형물이 필요했다. 제작진은 촬영에 들어가기 전 수없이 많은 보형물 조각을 각각 제작해서 보관해 두었다가 매일 이것들을 사용했다.

그림 1.

그림 2.

그림 3.

그림 1. <해리 포터와 죽음의 성물 2부>에서 점점 늑대로 변해가는 펜리르 그레이백을 연기한 데이브 르게노.
그림 2. <해리 포터와 혼혈 왕자>에 등장한 펜리르 그레이백. 롭 블리스 작품.
그림 3. <해리 포터와 죽음의 성물 2부>의 그레이백. 롭 블리스 작품.
그림 4. <해리 포터와 혼혈 왕자>의 그레이백. 롭 블리스 묘사.
그림 5. <해리 포터와 혼혈 왕자>에서 데이브 르게노(펜리르 그레이백)가 으르렁거리는 연기를 하고 있다.

그림 4.

그림 5.

간략한 사실들

펜리르 그레이백

1. 영화 속 첫 등장: 〈해리 포터와 혼혈 왕자〉

2. 재등장: 〈해리 포터와 죽음의 성물 1부〉, 〈해리 포터와 죽음의 성물 2부〉

3. 등장 장소: 호그와트, 다이애건 앨리, 버로

4. 디자인 노트: 특수 캐릭터 디자이너들은 그레이백을 위해 늑대 중에서도 특히 회색늑대의 색깔 패턴을 연구했다.

5. 《해리 포터와 혼혈 왕자》 27장 설명:
"회색 머리카락과 구레나룻이 잔뜩 헝클어져 있는,
덩치가 크고 팔다리가 긴 남자였다.
입고 있는 검은색 죽음을 먹는 자 로브가 불편할 만큼 꽉 죄어 보였다……
지저분한 두 손에는 누런 손톱이 길게 자라 있었다."

Published by arrangement with Insight Editions, LP, 800 A street, San Rafael, CA 94901, USA, www.insighteditions.com

해리 포터 필름 볼트 Vol. 5
: 반려동물, 마법 식물, 변신 생명체

초판 1쇄 인쇄 2021년 10월 20일
초판 1쇄 발행 2021년 12월 29일

지은이 | 조디 리벤슨
옮긴이 | 고정아, 강동혁
발행인 | 강봉자, 김은경

펴낸곳 | (주)문학수첩
주소 | 경기도 파주시 회동길 503-1(문발동 633-4) 출판문화단지
전화 | 031-955-9088(마케팅부), 9532(편집부)
팩스 | 031-955-9066
등록 | 1991년 11월 27일 제16-482호

홈페이지 | www.moonhak.co.kr
블로그 | blog.naver.com/moonhak91
이메일 | moonhak@moonhak.co.kr

ISBN 978-89-8392-874-0 04840
        978-89-8392-869-6(세트)

* 고유명사 등의 용어는 《해리 포터》 20주년 새 번역본을 따랐습니다.
* 파본은 구매처에서 바꾸어 드립니다.